鬥嘴一班 ① 插班新同學

卓瑩 著

新雅文化事業有限公司
www.sunya.com.hk

人物介紹

高立民

班裏的高材生，為人熱心、孝順，身高是他的致命傷。

文樂心

（小辮子）

開朗熱情，好奇心強，但有點粗心大意，經常烏龍百出。

江小柔

文靜溫柔，善解人意，非常擅長繪畫。

胡直

籃球隊隊員，運動健將，只是學習成績總是不太好。

黃子祺

為人多嘴,愛搞怪,是讓人又愛又恨的搞蛋鬼。

周志明

個性機靈,觀察力強,但為人調皮,容易闖禍。

吳慧珠 (珠珠)

個性豁達單純,是班裏的開心果,吃是她最愛的事。

謝海詩 (海獅)

聰明伶俐,愛表現自己,是個好勝心強的小女皇。

 **第一章 高人一等的插班生**

　　高立民是藍天小學的高材生，成績優異，不過，他亦是一個頑皮愛鬧的小伙子，雖不至於搞蛋生事，卻總不免會犯上一些小差錯。

　　像開課日的前一天晚上，高立民臨睡前，竟然忘記按鬧鐘，結果早上晚了起牀，趕不上校車，回到學校的時候，上課鈴聲已經響起了。

　　他急忙沿着樓梯，向位於三樓的教室跑去。

　　當他來到三樓的轉角處，一個背

着書包的女生，突然從後閃身而出。

「砰」的一聲，他的額頭，被背包撞了個正着。

那女生連聲抱歉地說：「對不起！你沒事吧？我不是故意的。」

她長得比他高，束着兩條長辮子，肌膚是公主專屬的粉紅色，右邊的臉頰，長着一顆小小的美人痣，笑

起來特別的漂亮可人。

她見那男生跟自己一同走進教室，於是主動地自我介紹說：「我叫文樂心，是剛考進藍天小學的插班生。」

高立民被她撞了一記，心裏有點不痛快，只從鼻孔裏發出「嗯」的一聲，算是回應。

教室裏的同學們，早已端端正正地坐好，預備上課。

這時，他的好友胡直，忽然指着他怪叫：「高立民，怎麼你又矮了？」

自從小二開始，高立民便成為班

中最矮的男生，每當聽到一個「矮」字，他都會像刺蝟一般，全身毛髮都「咻」的一聲豎起來。

他一挺胸膛道：「你胡說什麼？這個暑假，我已經長高了一厘米，你看！」

向來直率的胡直，搔了搔頭皮，說：「可是，這位女生，分明比你高出至少十厘米啊！」

同學們望望他，又望望文樂心，頓時哄堂大笑。

話最多的黃子祺，哈哈笑道：

「枉你還是姓高，我看，應該改姓矮吧！」

高立民生氣地還擊：「你臉上長滿雀斑，也該改名叫『黃雀斑』吧？」

黃子祺紅了臉，正要開口說什麼，文樂心卻忽然插嘴道：「你們別這樣，其實並非高立民矮了，只是我

長得特別高而已。」

同學們聽她這麼一說，笑得也就更厲害了。

真倒霉！我怎麼會剛好跟這種笨女生編在同一班？高立民很生氣。

可是，他的霉運還不止於此，班主任徐老師，竟然碰巧不巧地把他和文樂心編坐在一起。

換言之，他在往後的日子，都要跟她「朝夕相對」。

幸好，他附近還坐着他的死黨胡直，否則，他以後的校園生活，必定會很難過。

 第二章　不是自畫的自畫像

　　這天文樂心那班到美術室上視藝課，鄧老師出了一個畫畫的題目——自畫像。

　　坐在文樂心旁邊的江小柔，立刻提起筆來，三兩下功夫，便把自己蓄着一頭清爽短髮、嬌小玲瓏的樣子，描繪得像模像樣。

　　「小柔，你的畫很漂亮啊！」

　　文樂心羨慕不已，於是也大筆一揮，開始打起草稿來。

　　完成草圖後，大家便開始用水彩

上色。

　　江小柔看了她的畫作一眼，驚訝地說：「咦？這麼一看，原來你也很像卡通片中的美少女呢！」

　　「真的嗎？嘻嘻哈！」文樂心心花怒放。

　　坐在她對面的高立民，瞄了瞄她的畫，心裏很不服氣。她哪有長得這麼漂亮？真不害羞！

　　他心念一轉，忽然朝她一笑說：「文樂心，你的自畫像欠了一點東西，讓我來幫你吧！」

　　「是嗎？是什麼？」她疑惑地

問。

　　高立民提起水彩筆，蘸上黑色的顏料，便往她的畫紙上一點，顏料旋即在畫紙上化開來。

　　那張「美少女」般雪白的臉上，忽然就長出了一顆比蠶豆還要大的黑痣。

　　文樂心見到畫像被塗污了，生氣地喊：「你為什麼弄髒我的畫？」

高立民非但沒道歉，還滿意地點點頭：「你的臉上不是有一顆黑痣嗎？這樣才像你啊！」

文樂心被他氣瘋了，想也沒想，便把水彩筆伸過去，打算以牙還牙，以眼還眼。

高立民早有防範，立刻把她的手格開。

誰知他這麼一拂，竟不小心地碰翻了旁邊一個用來清洗畫筆的水杯，杯裏的污水，全部潑灑到江小柔的自畫像上去。

江小柔「哇」的一聲，急急把畫

紙提起來。

可惜為時已晚，畫紙已被水沾濕，尚未乾涸的水彩顏料與污水混和，一幅漂亮的自畫像，瞬即變成了個大花臉。

「我的畫！」江小柔難過得紅了眼眶。

鄧老師聞風而至：「到底發生什麼事？」

文樂心和江小柔，異口同聲地說：「是高立民在搗蛋！」

鄧老師嚴厲地瞪他一眼：「高立民，請你負責把她們二人的畫像，都

重新畫一幅給我！」

　　高立民忍不住慘叫：「可是，這
樣就不是『自畫像』了嘛！」

在開課的第一天，徐老師便已經跟大家說明：「我們班跟別班不同，我是不會為大家選班長的。」

全班立時嘰嘰喳喳地議論紛紛。

胡直舉手問老師：「沒有班長，班裏的雜務，該由誰來擔當？」

「你們當然有班長，而且比別班都要多。因為，你們每一個人，都是班長。」徐老師笑說。

「班長不是一個就夠了嗎？」胡直再問。

「班裏的事，就是大家的事。既然是大家的事，當然應該由大家輪流去分擔。」徐老師說。

就這樣，流動班長的制度在班裏實施起來，班長的職務，由值日生來兼任。

今天，恰巧輪到文樂心來當值，上課鈴聲一響，同學們都乖乖地回到座位，等待老師進來。

忽然，一隻小蜜蜂從窗外飛進來，從教室的左邊，飛到右邊；再從前面，飛到後面。

文樂心見牠飛遠了，以為威脅已

經解除，沒想到牠忽然又掉頭，朝她的臉孔直撲過來。

「嗡嗡、嗡嗡」的響聲，在頭頂徘徊不去。

「嗚哇！」她慌忙鑽進老師桌下。

這時，數學科的李老師來上課，見教室一片鬧哄哄的，不滿地問：「為什麼沒有人維持秩序？你們的班長是誰？」

「是她。」大家不約而同地指着桌子下的文樂心。

　　李老師蹲下身，跟她

相視對望：「班長，你躲

在下面幹什麼？」

　　幸災樂禍的謝海詩，掩

着嘴巴笑說：「膽小鬼！」

　　那個高立民，當然也「咯咯

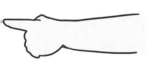

「咯」地笑個不亦樂乎。

霎時間，文樂心漲紅了臉，只好向老師解釋說：「我在捉蜜蜂。」

高立民卻一臉認真地糾正：「老師，我覺得她的話在語法上有錯誤，正確的說法應該是『蜜蜂在捉她』才對。」

李老師聞言，也忍不住笑了。

那一刻，文樂心既尷尬又生氣，心中暗罵高立民千遍萬遍：「可惡的高立民，我一定記住你！」

 **第四章 糊塗蛋對驕傲鬼**

　　這一天，李老師為同學們舉行了一次數學測驗。

　　這次測驗的題目，一點也不難，考完後的那一刻，文樂心自信滿滿地覺得，自己即使拿不到一百分，至少也會有九十分。

　　隔天，當老師把測驗卷發回來時，她發現自己竟然真的拿了九十分，她高興得大叫

了一聲：「耶！」

這可是她來到藍天小學以來，拿的第一個九十分呢！

可惜，她的快樂維持不了半分鐘。

那個可惡的高立民，忽然把自己手上的測驗卷，往她桌前一推，說：「文樂心同學，你拿錯了呢，你的測驗卷，在我這兒啊！」

原來，文樂心跟高立民的測驗卷對調了。

當她從高立民手上取回自己的測驗卷時，她實在無法接受。怎麼竟然

只有七十五分？

　　拿到九十分的高立民，洋洋得意地對坐在附近的胡直說：「看，數學就是這麼簡單的一回事。」

　　文樂心很不服氣：「驕傲什麼？你只不過比我多十五分而已。」

　　高立民「嘿」了一聲，趾高氣揚地道：「十五分的距離，難道還不夠多嗎？」

　　文樂心紅了臉：「我只是一時失手而已。」

　　高立民不在乎地笑着說：「是嗎？那下次你千萬不要再失手了

喔！」

　　文樂心感到很不忿。這個驕傲
鬼，看他有多神氣！

　　文樂心媽媽看到測驗卷後，生氣
地說：「為什麼你總是粗心大意的？
所有的錯誤，都是因為你沒看清楚題
目，白白失去很多分數！」

　　為了改善她粗心大意的缺點，至

高無上的媽媽，向她下達一道命令：
「由今天起，你每天做完功課後，不可以看電視，必須多做一個小時的補充練習。」

救命呀！

文樂心覺得自己是全世界最可憐的孩子，她想找人求救，可是，在文家裏，即使爸爸也要聽媽媽的，根本沒有人能救得了她。

 第五章 貪吃王

　　前幾天周會的時候，羅校長站在講台上宣布：「為了同學們的健康設想，從本學年開始，學校的小賣部，會停止出售任何零食產品。」

回到教室後，身形胖胖的吳慧珠，一臉悽慘地埋怨道：「哎喲，以後肚子餓的時候，我還能吃什麼呀？」

謝海詩撥了撥鬈曲的頭髮，笑着插嘴：「珠珠，這不是更好嗎？你也該是時候減肥了！」

忽然，珠珠眼珠一轉，嘻笑一聲道：「我有辦法了！」

第二天，她偷偷帶了一包薯片回來。

 文樂心出言提醒她：「小心點，老師不許我

們帶零食回來的。」

「怕什麼？我每天才帶這麼一點點，老師才不會知道呢！」

謝海詩看見了，問她：「可以分一點給我嗎？」

「才不要，這是我的！」珠珠咯咯地逃開去。

「哼，不給就不給，有什麼了不起！」謝海詩賭氣地說。

接着的那幾天，無論是小息、午飯還是下課後，珠珠都捧着大包

小包的零食，不停地吃啊吃的。

謝海詩托了托眼鏡，警告她說：
「你像隻兔子似地不停吃，小心鬧肚
子啊！」

這天午飯後，當大家專心上課的
時候，忽然聽到「缽」的一聲響。

高立民隨即掩着鼻子，大喊：「好臭，是誰在放屁？」

　　「嘿嘿，該不會是洗手間的水管爆裂吧？」胡直接口説。

　　就在這時，珠珠忽然大喊起來：「我的肚子好痛！」

看到珠珠那張變得蒼白的臉孔，大家都被嚇壞了，還來不及反應，她已經捧着肚子，「蹬蹬蹬」地衝出教室，嚇得老師連忙跟着追了出去。

　　同學們都掩着鼻子，大笑道:「怪不得這麼臭，原來珠珠在鬧肚子！」

　　文樂心雖然有點替珠珠擔心，但是，她剛才捧着肚子跑出教室的樣子，實在太滑稽了，向來最愛笑的她，還是忍不住笑出聲來。

　　不過，文樂心怎麼也想不明白，為什麼謝海詩的話會如此靈驗，難道，她是女巫的化身？

第六章　小辮子

　　前天，訓導處的溫主任，到教室裏作突擊檢查，見到文樂心那兩條長辮子，半認真半開玩笑地對她說：「你的辮子長得可以拿來當掃把呢，也該是時候修剪一下了吧？」

　　結果，星期日那天，文樂心就被媽媽拉進理髮店，把蓄了一年多的長髮，剪掉一大截。

　　為此，文樂心難過得整夜失眠，第二天一早起牀，她便纏着

祖母，硬要祖母為她編辮子。

　　祖母輕撫着她那頭剛好及肩的頭髮說：「心心，你的頭髮太短，辮子編起來會不好看呢！」

　　愛美的文樂心撒嬌地說：「我不管，我一定要結辮子！」

　　祖母拗不過她，只好勉強為她結了一雙小辮子。

　　當文樂心回到學校，才剛踏入教室，冷不防有人用力拉了她的辮子一把。

　　「哎呀，好痛！」

　　原來拉她辮子的人，正是高立民。

　　「你為什麼拉我的辮子？」文樂
心很生氣。

　　高立民嘻嘻笑說：「怎麼你的辮
子變得這麼短了？頭髮那麼短，還結
什麼辮子？很醜啊！」

　　江小柔看不過眼：「高立民，你
不能這樣欺負人，你要道歉。」

「嘿，我才不要！」

文樂心恐嚇他：「如果你不道歉，我便去告訴老師。」

他朝文樂心做了個鬼臉：「對不起嘍，小辮子！」

「哼，如果你敢再碰我，我一定會告訴老師。」

高立民吐了吐舌頭，作吃驚狀：「你的辮子比仙人掌還刺手，我才不要再碰呢！」

同學們聽了，頓時哄然大笑。

文樂心氣上心頭，隨手拿起橡皮擦，便向着高立民的嘴巴扔過去。

「啪」的一聲，橡皮擦正正砸到他的臉上。

他摀住嘴巴，誇張地大叫一聲：「哎呀！」

徐老師剛好進來看見，板着臉問：

「你們在幹什麼？」

「我……」文樂心結結巴巴的，不知怎麼解釋才好。

結果，她和高立民，都無可避免地被老師訓了一頓。

第七章　哥哥，你真好！

文樂心的哥哥文宏力是六年級
生，而且還是風紀隊的隊長，
但卻是個不大愛說話的人，

雖然每天跟文樂心一起坐校車
上學，但是他都只跟熟稔的同學坐在
一起，從來不搭理她。

　　文樂心很慶幸還有江小柔作伴，
否則，每天坐校車上下課，必定會成
為全世界最無聊的事。

這天放學後，文樂心如常地跟小柔手牽手，沿着校門外的行人路，直往校車的方向走去。

忽然，有兩名同校的男生，你追我逐地從後跑過來。

「砰」的一聲，江小柔被他們撞倒，差點跌了一跤。

這兩位男生，竟然頭也不回地繼續跑，完全沒有要停下來察看的意思。

「你們撞倒我
了！」江小柔大喊。

　　其中剪了個陸軍頭的男生，回頭
反問：「行人路是公眾地方，你們自
己擋住別人的去路，你怪誰？」

　　這兩位男生非但沒有道歉，還反
過來怪責她們，實在太蠻不講理了。

江小柔咬着嘴唇，想發作，卻又提不起勇氣。

看到小柔一臉委屈的樣子，文樂心氣憤難平，立刻跑上前吼道：「你們怎麼可以這樣？快道歉！」

另外一位男生，惡狠狠地瞪着文樂心：「我偏不要，怎樣？」

豈有此理，怎麼會有這種惡人？

文樂心很想罵回去，但是，他們都是六年級的學長，長得既高且壯，她實在有些膽怯。

就在這時，一把熟悉的聲音插進來：「你們在幹什麼？」

「哥哥！」文樂心驚喜地喊。

那個陸軍頭見到文宏力，也很詫異：「原來她是你的妹妹！」

文宏力瞪了他一眼，冷冷地道：「李子洋，你們撞倒別人，不是該道歉嗎？怎麼還以大欺小？」

「對不起啦，我們不知道她是你的妹妹。」

文宏力雖然身形瘦削，但他畢竟是風紀隊長，李子洋對他有所顧忌，只好道歉一聲，便拉着同伴匆匆離開。

文宏力也沒跟他們多計較，只回

頭吩咐文樂心一聲「回家吧」，便轉身繼續走。

看着哥哥那弱不禁風的背影，文樂心忽然有些感動。

原來，有哥哥愛護，感覺是這麼好的！

第八章 瘦身記

　　每逢星期五最後的兩節課，徐老師都會為同學們安排課外活動或講座。

　　今天，她先把同學們帶到活動室，然後領着一位大姐姐走進來，為同學們介紹説：「這位是鍾姐姐，是專門教小朋友學瑜伽的導師。」

　　吳慧珠湊到文樂心耳邊問：「什麼是『餘加』？」

　　「我也不知道，大概是『捕魚的人家』吧？」

徐老師在黑板上寫出「瑜伽」兩個字，並加以解釋說：「瑜伽，是一種既令人身心舒暢，又能保持身段苗條的運動。」

高立民擺出一副專家口吻說：「我知道，做瑜伽，就是把腳抬到頭頂上，然後在原地轉來轉去，像雜技表演一樣。」

胡直緊接着說：「再不然，就是要四肢貼地，腰部朝天，做出拱橋的

動作。」

「不會吧？我的腳，連肚臍也幾乎夠不着啊！」吳慧珠吃驚道。

文樂心雖然不能確定他們說的話到底對不對，但是，她還是故意唱反調：「你別聽他們的話，他們分明是在吹牛。」

這時，鍾姐姐把室內的燈光調暗，然後開啟唱機，播放出柔和的音樂。

她吩咐同學們：「請先把鞋子脫

下來，然後坐到軟墊上去。」

　　聽到可以把鞋子脫掉，大家都樂透了，一雙雙白色的運動鞋，像被颱風吹翻了的小船，被甩得東倒西歪。

　　大家都依着鍾姐姐的指示，坐在軟墊上，一邊做着簡單的伸展動作，一邊玩集體遊戲，玩得十分投入。

　　文樂心想，瑜伽原來是這麼一回事，根本就沒有高立民和胡直説的那

麼高深嘛！

　　下課鈴聲一響，同學們都爭先恐
後地去找鞋子，文樂心好不容易才從
一大片鞋海中找回自己的鞋子。

　　上完瑜伽課後，她感到自己真的
消瘦了不少，連帶腳上的運動鞋，也
好像有點鬆了。這種
叫瑜伽的運動，實在
是太神奇了。

回到家後，她興奮地拉着媽媽，堅持要媽媽也做做看。

媽媽聽完文樂心的「瘦身論」後，卻二話不說地打開鞋櫃，把她的運動鞋拿出來瞄了一眼，然後問她：「誰是吳慧珠？」

文樂心不解地問：「咦？吳慧珠是我的同班同學，媽媽原來你也知道

這個人嗎？」

　　媽媽用兩根手指頭，勾着文樂心那雙運動鞋，沒好氣地問：「為什麼你把吳慧珠的鞋子穿回家了？」

　　文樂心一拍額頭說：「哎喲，我還以為自己真的變瘦了，原來是穿錯了別人的鞋子。」

哎喲！

第九章 好朋友

這天放學後，高立民要留在學校參加奧數班，他趁着還沒開始上課的空檔，走到操場去，捧着籃球站在籃球板下，一下接一下地投籃。

「啪」的一聲，籃球擊在籃球板上，然後不偏不倚，穿過籃球圈後跌回地面。

忽然，有人從後走過來，把籃球一手抄走。

「讓開！你不知道這兒是我們專用的嗎？」

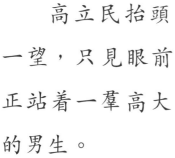

　高立民抬頭
一望，只見眼前
正站着一羣高大
的男生。

　他認得他
們，都是學
校籃球隊的
成員。

剛才說話的人叫李子洋，是籃球隊的隊長，平常都是個小霸王，專門欺負年紀比他小的同學。

雖然如此，高立民並不怕他：「操場的設施，向來都是先到先得的。」

另一位男生輕蔑地說：「以你的身高，打幼兒籃球板會比較合適吧？」

「哈哈哈！」其他人都捧腹大笑。

高立民氣得漲紅了臉，一時不懂該怎麼應對。

「身為六年班的學長，居然欺負

低年級生，你們都不害羞嗎？」胡直不知從哪兒蹦了出來。

李子洋眉頭一皺：「胡直，這不關你的事。」

胡直理直氣壯地說：「高立民是我的好朋友，他的事就是我的事。」

「胡直，別鬧了，你忘了自己也是籃球隊的成員嗎？」其他人都勸他。

胡直拍拍胸口說：「正因為我也是籃球隊成員，我更不能讓你們欺負他。來，我們來一場比賽，誰先取得三分球，誰就可以在這兒打球。」

李子洋一昂首：「好呀，打就打！」

別以為高立民長得矮小，他的球技就比別人遜色。他一直都很喜歡打籃球，只可惜因為身高的關係，未能入選籃球隊。然而，由於他跟胡直住得很近，經常相約打籃球，二人已經培養出很好的默契。

「來搶我的球吧！」高大的胡直一邊說，一邊已經敏捷地把球搶到

手，開始進攻。

　　大家都不把高立民放在眼內，只顧把胡直重重包圍。

　　「接住！」胡直忽然把籃球往外一拋。

　　早有準備的高立民，立刻把球接過，然後站在三分發球區，瞄準籃板，投過去。

　　大家還來不及反應，高立民手上的籃球，已經「啪」的一聲，順利穿過籃球圈，「嗤

噠噠」的回到地面。

「耶！」高立民和胡直，高興得
互相擊掌。

好朋友，就是不同凡響，不是
嗎？

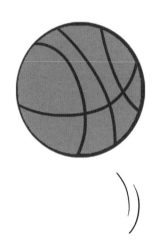

第十章 愛心信箱

這天早會時，徐老師捧着一個心形小木箱走進教室來。

木箱的體積不大，頂端像紙巾盒子一般，開了一道狹長的小夾縫，四周還繪上了美輪美奐的碎花圖案。

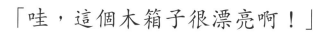

吳慧珠忍不住讚歎：「哇，這個木箱子很漂亮啊！」

徐老師聽了笑着說：「這個木箱子，是用來盛載你們珍貴的信，當然要弄得漂漂亮亮。」

「我們的信？」大家都一怔。

徐老師點點頭：「沒錯，這是一個愛心信箱。」

然後，她詳細地向大家介紹說：「從今天開始，我會把信箱放在教室的一角，同學們可以隨意寫信給我。」

「信裏面要寫些什麼？」吳慧珠疑惑地問。

「什麼也可以。無論是學習上的疑問，或是有什麼心事，甚至只是想跟我聊聊天，都可以。」

午飯的時候，大家都不像平時那

樣往外跑，反而圍坐在一起，討論着
該寫些什麼給老師才好。

　　「心心，你會寫信給老師嗎？」
江小柔問。

　　文樂心瞄了高立民一眼，故意提
高嗓門說：「當然，我一定要告訴老
師，誰經常欺負我們。」

高立民作賊心虛地插嘴：「小辮子，你別胡亂冤枉人啊！」

　　「我指的又不是你，你緊張什麼？」文樂心反問。

　　高立民頓時語塞。

　　文樂心看着他一臉緊張的樣子，忍不住掩着嘴巴偷笑。

　　嘿嘿，有了這張王牌，看這個高立民，以後還敢不敢再欺負人？

 欠交功課的高材生

這天早上，文樂心剛踏進教室，便發現高立民已經坐在教室內，低着頭，忙碌地抄寫着。

文樂心好奇地湊過去：「喂，高立民，你一直低着頭在做什麼？」

高立民頭也沒抬地說：「沒看見嗎？當然是在做功課啊！」

文樂心很是驚訝：「你不是高材生嗎？怎麼也會沒做好功課？」

他白了她一眼：「誰說高材生就不能沒做好功課？」

這時，搗蛋王黃子祺剛好經過，他一手便把高立民的作業簿搶在手裏，大聲地嚷嚷：「哦，原來我們的高材生還沒有做好功課！」

高立民吃了一驚：「噓！別這麼大聲好不好？」

黃子祺倒是越叫越興奮：「我要告訴老師！我要告訴老師！」

「快把作業還給我！」高立民站起身來，想要把作業簿搶回去。

黃子祺貪玩地笑着說：「過來追我啊！」

就在他們一追一逐之際，徐老師進來了：「你們在做什麼？」

「徐老師，你看，高立民沒有做功課啊！」黃子祺趕緊向老師匯報。

徐老師接過作業簿一看，生氣地說：「高立民，你昨天放學回家後在幹什麼？我要罰你當一天值日生。」

高立民一句話也沒說，只默默地接受懲罰。

放學回家後，文樂心跟祖母一起到附近的菜市場買東西，途經一間水果店，看到又圓又大的水蜜桃，她停下來，央求祖母買給她。

祖母笑着說：「你自己挑吧。」

文樂心拿着水蜜桃到櫃台結帳，

水果店的阿姨朝她豎起大拇指說：「小朋友你很乖啊！」

這時，一位小男生，捧着一箱水果，從店裏走出來：「媽，這箱水果要放進雪櫃嗎？」

文樂心頓時呆住了：「高立民？你怎麼會在這兒？」

高立民也十分詫異：「文樂心？」

「原來你是小民的朋友嗎？」水果阿姨回頭對高立民說：「小民，你去跟同學玩吧，這些我來搬就好。」

高立民遲疑地說：「可以嗎？你昨天晚上才暈倒啊！」

他媽媽笑了：「我休息了一整天，已經好多了，況且，昨夜你為了照顧我，忙得連功課也沒做，也該休息一下了。」

72

一下子，文樂心明白過來。

原來昨天高立民的媽媽病

倒了，怪不得他沒做好功課啊。

第十二章 大力士

　　這個星期的體育課，胡老師教同學打籃球，並吩咐值日生，把一籃子的籃球，從一樓的雜物房，搬到地下的操場上去。

　　籃子裏裝着很多籃球，要把它拿起來，實在不容易。

　　很不巧，今天剛好輪到江小柔當值日生。

身形嬌小的她，根本不可能搬得動一籃子的籃球。

文樂心立刻跑上前幫忙，不過，兩個女孩子的力氣始終有限，她們還是搬得很吃力。

當她們抬着籃子下樓梯的時候，文樂心忽然將沉重的籃子，往地上一擱，說：「等一下，我去找別人來幫忙！」

江小柔沒料到她會突然放手，籃子傾側了，幾個籃球從籃子裏滾出來，「咚咚咚」的向着樓梯直滾下去。

「哎呀，籃球都要溜走了，怎麼辦？」江小柔着急地說。

文樂心急忙跑去追籃球，可是籃球各自向着不同的方向滾，她一時也不知該先往哪個方向追。

忽然，高立民跑了過來，把滾動中的籃球，一手一個地拾起來，然後一把抄起籃子，三步兩步便跑到操場上去。

江小柔豎起大拇指讚道：「高立民，你很厲害啊！」

　　文樂心也驚訝得睜大眼睛：「想不到你個子小小的，原來是個大力士！」

他呵呵一笑說：「小事一椿啦，我每天都幫媽媽把一箱箱的水果搬進搬出，區區數個籃球，又怎會難倒我？」

「謝謝你。」江小柔感激地說。

高立民拍了拍手，得意地笑：「不用客氣。」

雖然他還是一貫神氣的樣子，但是這一刻的他，卻讓文樂心覺得，他其實沒有那麼討人厭呢！

第十三章　小柔的心事

這天，文樂心坐的校車很早便回到學校，其他同學還沒有回來，教室裏除了她，就只有跟她坐同一路校車回來的江小柔和高立民。

他們都沒有說話，只乖乖把課本拿出來，自個兒溫習着。

不一會兒，
江小柔從書包裏取出一
封信，向着靠門那邊的
牆角走去。

牆角的盡處，除

了放着徐老師的愛心信箱外，便什麼也沒有。文樂心估計，小柔必定是寫了些什麼給徐老師。

突然，高立民撲上前去，將江小柔的信，一把搶在手裏。

江小柔大驚失色：「高立民，你快還給我！」

「不行，我得看看，你是不是真的向徐老師告我的狀。」

「你怎麼可以隨便看別人的信？」江小柔緊張地追在後頭。

可是，高立民拔腿就跑，還邊跑邊打開信封，大聲朗讀起來：

親愛的徐老師：

　　昨天晚上，我的爸爸和媽媽又吵架了，我很不開心，我很想他們能和好，我可以怎麼辦？

　　　　　　江小柔上

他的聲浪越讀越小，到最後，他索性停下來，把信紙塞回江小柔手裏：「對不起，我不是故意要看這些的。」

　　江小柔難過得紅了眼睛。

　　文樂心趕忙替她把信紙放回信封，放進了愛心信箱，並好言相勸：「放心吧，徐老師一定可以為你想辦法的。」

　　她邊說邊回頭怪責地瞪了高立民一眼，他立刻會意地跳到江小柔跟前，故意做出一連串搞笑動作，想要

逗她一笑，可是都不大管用。

　　江小柔一整天都悶悶不樂，文樂心和高立民很想令她開心，可是，他們一點辦法也沒有。

第十四章 逗笑兵團

晚飯後，文樂心跟祖母坐在陽台上乘涼，她小聲地問：「祖母，如果爸爸和媽媽吵架，我可以怎麼辦啊？」

祖母笑着說：「這還不簡單？你來找祖母，祖母自然會幫你擺平。」

「如果祖母幫不了忙呢？」

祖母疑惑地看了她一眼說：「怎麼會？我的話，你爸爸怎敢不聽？」

「不是啦，我是說我的同學小柔。」

當下，她把江小柔的情況，向祖母娓娓道來。

祖母沉思了片刻後道：「大人的事情，小孩子是不會明白的。不過，既然你是小柔的好朋友，你可以為她做的，就是盡量令她快樂。」

隔天回到學校，文樂心跟高立民說：「你得想辦法令小柔重新快樂起來。」

高立民無奈地說：「喂，小辮子，我又不是小丑，怎麼懂得逗她笑？」

「我不管，這是你闖的禍，你要負責令小柔回復開朗！」

高立民只好勉為其難地說：「好吧，我試試看。」

於是，在小息和午飯的時候，高

立民都像隻惱人的蒼蠅，整天黏在江小柔旁邊，不停地胡說八道，想要逗她一笑。

他笑瞇瞇地問江小柔：「你知道什麼『車』是最長的嗎？」

江小柔想也沒想便答：「不知道。」

「是『大塞車』啊！」

他接着又問：「你猜什麼『馬』只有兩條腿？」

這次他學乖了，主動把答案告訴她：「是『奧巴馬』哦！呵呵！」

　　可是，江小柔仍然無動於衷。

　　文樂心見高立民敗下陣來，只好把自己最心愛的寶石寵物填色簿奉獻出來。

　　然而，江小柔依然只是沒勁地跟她道了聲謝謝，卻始終笑容欠奉。

　　文樂心和高立民這隊逗笑兵團，只得宣布任務失敗。

秋天漸漸近了，為了讓同學們多親近大自然，徐老師特意把他們帶到位於元朗的一個農場裏去參觀。

農場裏的小動物可真多，有笨重的大水牛、白白胖胖的大肥豬、毛色黑得發亮的小山羊和雪白溫柔的小兔子等等。

牠們看來都很友善，一見同學們來訪，紛紛雀躍地從木欄裏探出頭來。

「你看，他們一定是餓壞了。」江小柔憐惜地說。

「不如我們買一束青草餵給牠們吃吧。」吳慧珠提議道。

「好啊！」大家都贊成。

文樂心掏了掏小錢包，無奈地說：「買一束青草要十五元，可是我只有五元啊！」

吳慧珠連忙說：「我有六元，我們可以合資。」

江小柔也接口說：「我也有六元。」

於是，她們三人湊合着買了一束青草，輪流餵飼小動物。

正當她們興致勃勃地在餵飼山羊

時，站在旁邊的謝海詩，忽然舉起照相機說：「同學們，請往這邊看啊！」

　　當文樂心回頭望向她時，便不自覺地把手上的青草挪開了一點，小山羊為了吃草，也跟着伸出頭來，結果，她的嘴巴意外地跟小山羊的嘴巴

碰上了。

「哇，我拍到文樂心的親嘴照啊！」謝海詩大驚小怪地説。

同學們一聽，起哄地把文樂心圍了起來：「你到底跟誰親嘴了？快告訴我們！」

文樂心着急地指着山羊説：「別聽謝海詩胡説八道，不過就是這隻小山羊而已！」

這時，惡作劇的元兇謝海詩，早已笑彎了腰，就連一直愁眉不展的江小柔，也「撲哧」一聲笑起來。

萬歲，小柔終於笑了！

文樂心雖然被這隻「海獅」作弄
了，不過，當她見到小柔因此而開懷

大笑，心裏一樂，也就決定不跟謝海
詩計較了。

 **第十六章 天下怪事**

黃子祺是班上最活躍的男孩子，無論有課沒課，一張嘴巴永遠停不下來。

今天上徐老師的中文課時，他又再次發揮強勁的說話本領，不是主動

逗鄰桌的同學說話，就是坐在座位上自言自語。

當徐老師在黑板上寫字時，他不知跟坐他旁邊的周志明說了些什麼，引得周志明忍不住「哈」的一聲爆笑出來。

徐老師皺着眉問：「周志明，你有什麼不明白的地方嗎？」

　　周志明紅着臉解釋：「老師，黃子祺在課本上畫了個鬼臉，我看了忍不住笑。」

　　徐老師把黃子祺的課本拿起來，看了一眼，然後不動聲息地放回去。

　　第二天上課時徐老師剛跨進來，便跟大家說：「今天，我想邀

請黃子祺同學當老師的特別貴賓。」

　　所謂的「貴賓」，就是要把桌子搬到老師旁邊去坐。

　　黃子祺一下子嚇呆了，其他同學也不禁替他擔心，以為他這次必定要遭殃了。

　　可是，徐老師只是如常地教書，並沒有特別給他什麼懲罰，大家都感到很不可思議。

下課鈴聲一響，同學們立刻一擁而上，把黃子祺團團圍住，好奇地問東問西。

「徐老師有沒有對你怎樣？」

黃子祺豎起勝利手勢，洋洋得意地說：「當然沒有，她剛才離開時，還誇我今天很乖呢！」

「真的嗎？」大家半信半疑。

接連數天，徐老師仍然要求黃子祺坐在「貴賓座」上，但依然沒有給他任何懲罰，只偶爾吩咐他替她發發作業簿，或者幫忙擦擦黑板等雜務。

不過，自從黃子祺搬到老師身旁

後，教室的確是靜了下來，即使他回到原來的座位，上其他老師的課時，也出奇地能保持安靜。

一天下課後，黃子祺揚起一包巧克力，示威地說：「你們看，這是徐老師獎給我的！」

同學們見狀，竟紛紛嚷着說：「我也要搬到徐老師旁邊坐。」

高立民看見了，心裏不禁納悶。老師的貴賓座，不是應該用來對付那些搗蛋鬼的嗎？想不到，居然也有人爭着要坐，倒真是天下怪事。

今天上中文課的時候，徐老師在黑板上寫了「雖然」和「但是」兩個詞，點名要求同學們走到黑板前，即席造句。

首先被老師點名的，是吳慧珠。

她思考了一會兒，在上面這樣寫着：

雖然我是胖了一點，但是我還是很喜歡吃東西。

她剛寫完，自己便首先忍不住笑了出來。

接着，是黃子祺。

他見吳慧珠寫自己，於是他也故意把句子寫成這樣：

雖然我很喜歡說話，但是我更喜歡當徐老師的貴賓。

徐老師看了，不禁笑罵道：「黃子祺，你就這麼喜歡坐在我的旁邊嗎？」

黃子祺裝作可愛地說：「老師對我這麼好，我當然喜歡親近老師啦！」

同學們立刻起哄地嚷道：「老師，我也要！」

逗得徐老師笑得合不攏嘴。

然後，徐老師點了胡直。

中文科向來是胡直最弱的一環，他想了很久也寫不出一個字來，最後，他好不容易才寫出以下的一句：

雖然我不及高立民聰明，但是我長得比他高。

所有人都「哈哈哈」地大笑起來，除了高立民。

徐老師臉色一正地說：「胡直，你不能拿同學來開玩笑。」

下課後，高立民立即找胡直算帳：「好小子，你居然出賣我！」

胡直連忙搖頭擺腦地說：「我沒有要取笑你的意思啊，相反，我還羨慕你呢！」

高立民一怔：「羨慕我？為什麼？」

「雖然我現在比你高，但是，你還可以長高哦！可是，我的腦筋笨，

就永遠是笨，不會改變的。」胡直沮喪地說。

　　「你才不是笨！」高立民忽然一腔熱血地說：「讓我來幫你吧，只要

你願意，我保證你在下次考試中，必定取得合格成績。」

胡直疑惑地問：「真的可以嗎？」

高立民自信滿滿地說：「只要肯努力，有什麼不可以？」

 **第十八章** 高立民的手機

這天午飯時，一羣同學圍在高立
民的桌子旁，你一言我一語的，不知
在搞什麼鬼。

文樂心湊過去看個究竟，只見高
立民正握着一部智能電話，不停地在
按鍵，同學們都努力地擠過去，想要
參與其中。

當值日生兼班長盧家樂發現後，
大驚小怪地喊：「高立民，你竟然帶
手機回來，我要告訴老師！」

高立民不慌不忙地把手機遞給

他，說：「別這樣嘛，最多我借你玩
一會兒，好不好？」

盧家樂遲疑了一會，但最終還是敵不過誘惑，伸手接過手機玩了起來。

午飯後是李老師的數學課，正當大家都用心地做數學練習題的時候，文樂心忽然聽到一陣「嘟嘟嘟」的響聲。

她抬頭往左右一望，沒發現什麼，倒是看見高立民，正莫名其妙地對着她乾瞪眼。

她嚇得立刻垂下頭去。

過不了多久，她又再聽到「嘟嘟嘟」的響聲，這一次，連李老師也聽

到了。

李老師奇怪地問：「是什麼聲音？」

文樂心毫不猶疑地舉報：「老師，是高立民在玩手機。」

高立民吃了一驚，急忙把雙手收進抽屜裏去。

可惜太遲了，老師已經來到他的桌前。

「請你把抽屜裏的東西拿出來。」李老師嚴厲地說。

高立民不情不願地把手機捧到老師跟前。

「你的手機，我要沒收。」李老
師說。

他着急了：「老師，你不能沒收
我的手機啊！」

李老師臉色一沉：「為什麼不能？校規上清楚寫明，學生是不許帶手機回校的，更何況你還公然在課堂上玩，太過分了！」

　　高立民一時情急，竟「哇哇」地哭了起來：「外婆最近進了醫院，爸爸長期不在香港，媽媽又忙於工作，我只能透過手機跟外婆聊天，如果沒有手機，她便找不到我了。」

　　這時，高立民的手機又再「嘟嘟」作響。

　　他緊張地說：「一定是外婆發訊息給我呢！」

李老師很同情他，於是網開一面地說：「手機我可以還給你，但是，上課的時候，你必須把手機關掉。」

　　「知道了，謝謝老師。」他忙連聲答應。

　　文樂心知道自己錯怪了他，於是悄聲地跟他說：「對不起，是我誤會了你。」

　　高立民冷冷地看她一眼，沒有回應。

　　文樂心既尷尬又難堪，心裏想：哼，不答就不答，有什麼了不起的？

第十九章 腦袋也會說話

　　學期考試快要來了，文樂心的媽媽很緊張，早在考試前的一個月，便急急地跑到書店，扛了一大疊補充練習回家，千叮萬囑要文樂心在考試前，把它們全部完成。

　　文樂心看着如山的作業簿，不禁傻了眼：「哇……我怎麼做得完？」

　　文爸爸也忍不住幫腔說：「學校的功課已經一大堆了，沒必要額外

再多添作業吧？當年宏力也沒怎麼溫習，不是也考得不錯嗎？」

文媽媽白了文爸爸一眼：「哎喲，爸爸你不懂，不同的人要用不同的方法，這叫做因材施教嘛！」

文樂心知道，媽媽認為她是個糊塗蛋，每次測驗考試，不是看錯題目，就是把字寫得東倒西歪，總而言之，就是錯漏百出。

江小柔剛好相反，她是個心思很縝密的人，很少會出這種差錯。

於是，文樂心跑去請教她：「小柔，到底要怎麼做，才不會看錯題

目？」

「我也不知道。」江小柔搖搖頭，「我只知道，每當考試的時候，我心中都會有一把聲音在叮囑自己，要先把題目反覆細閱三次，才開始作答。」

「這把聲音是從何而來的？」

江小柔指着自己的腦袋瓜說：「我也不知道，可能是從這兒來的吧？」

文樂心覺得很新奇：「真的？腦

袋也可以說話嗎？」

於是，到了考試的時候，文樂心便真的一邊答題，一邊在等待自己的腦袋跟自己說話。

也許就是為了等待，她在答題時，的確比從前用心了一點兒。

可是，她始終什麼也沒聽到。

她開始懷疑，自己的耳朵是不是有毛病了？

考試成績，終於要公布了。

當大家從老師手上接過成績單後，黃子祺首先第一個慘叫道：「怎麼就只有六十八分？糟了，今天晚上，我必定有難了！」

胡直看到自己的成績單，驚喜萬分地喊：「哇，想不到我真的可以合格呢！」

高立民朝他一揚眉道：「我就是說嘛，只要肯努力，是一定可以有成果的。」

「我是八十八分呢！」江小柔也喜悦地一笑。

文樂心見到大家有喜有悲，不禁有些忐忑，直到她看到了成績單，才安心地笑着説：「太好了，我的平均分，竟然可以有八十分呢！」

高立民聞言，忍不住「嗤」的一聲笑了出來：「這就滿足了嗎？你對自己的要求，也太寬鬆了吧？」

文樂心不服氣地輕「哼」一聲：「你的分數又有多高了？」

「九十一分，夠高了沒有？」他得意地朝文樂心揚了揚眉，然後轉過

頭去問謝海詩：「海獅，你呢？」

謝海詩也很緊張，捧着成績單很久了，可就是沒有勇氣打開它。

高立民等得不耐煩，索性走過去，一手把她的成績單搶過來：「讓我幫你看吧！」

文樂心也好奇地湊了過去，一看，伸了伸舌頭說：「哇，是九十三分，比高立民還要高兩分呢，海獅，你真厲害啊！」

高立民也朝她豎起大拇指，由衷地讚道：「佩服，佩服。」

可是，謝海詩不但一點也不開

心，反而一臉憂愁。

「你已經很高分了啊，怎麼還不高興呢？」文樂心不解地問。

「退步了啦，我上次的總平均分是九十五分。」謝海詩歎了口氣說。

文樂心沒好氣地一揚手：「噓，不過就是一分、兩分的距離，又有什麼差別？況且，都已經是第一名了，何必還去計較這一、兩分？」

「你不懂啦！」謝海詩托了托眼鏡說：「我的爸爸媽媽，對我的期望很高。每個科目，他們都請了專門的老師來為我補習，希望我每次都能拿

到滿分。」

「總分也要拿滿分？會不會太誇張了？」文樂心瞠目結舌。

「小辮子，算了吧，以你這樣平凡的智商來說，當然是不可能理解的。」高立民忽然笑嘻嘻地插嘴。

「哼，有什麼了不起？難道拿不到滿分，就不能升班嗎？」文樂心一咬牙道：「如果要我像海獅這樣，每天都要這麼拼命補習才能拿到滿分，我寧可不要呢！」

第二十一章 秘密天地

　　這天小息時，文樂心從洗手間出來後，聽到洗手間後面，傳來一陣奇怪的聲音。

　　「是什麼聲音？」她感到很奇怪，於是循着聲音，向洗手間後面的一條狹窄的通道走去。

　　原來，在洗手間後面，竟然有一個可以容納三、四人的小空地。

　　有一位男生，正握着手機，低垂着頭，一動不動地坐在空地上，不知在幹什麼。

而這位男生，正是高立民。

文樂心走過去問：「你坐在這兒做什麼？」

高立民聽到有人聲，嚇了一跳，忙抬頭一看：「小辮子？你怎麼也在這兒？」

當文樂心看到高立民的臉上，竟然布滿淚水，吃驚道：「高立民，你沒事吧？」

高立民忙伸手往臉上抹了一把，口是心非地說：「哪有什麼事啊！」

「你騙人，你分明是有事！到底發生什麼事了？快告訴我啊！」

可是，高立民只是搖
着頭，不願意説。

　　文樂心看了看他，又看
了看他的手機，猛地想起來：
「不會是你外婆出什麼事了
吧？」

　　高立民眼眶立時一紅，終於點點
頭道：「醫生説，要為她做一個很大
的手術，可能會有危險的。」

　　文樂心走到他身旁，拍了拍他的
肩，説：「放心吧，不會有事的。」

　　他拭了拭眼淚，勉力地點頭：
「嗯。」

　　上課的時候，高立民完全沒法專心聽講，只管一直偷看手機，好幾次被老師抽問時，也全靠文樂心暗中提示，才沒有被老師責罰。

　　下課後，他對她說：「剛才，謝謝你呢！」

「不用客氣。」高立民竟然會向
她道謝，文樂心感到很不習慣。

　　看着他一副沒精打采的樣子，忽
然間，她很想念那個經常跟她鬥嘴的
討厭鬼。

第二十二章 她和他的秘密

這天下課後，當文樂心背起書包，預備要離開的時候，高立民忽然拉着她，一臉興奮地説：「沒事了！外婆沒事了！」

「哇，太好了，恭喜你！」文樂心很替他高興。

他豪爽地一笑：「謝謝你，小辮子！」

文樂心和高立民，第一次友善地相視而笑。

忽然，身後傳來一把聲音:「咦？

137

你們二人什麼時候和好了的？」

胡直正站在高立民和文樂心身後，以一種既好奇又疑惑的目光看着他們。

高立民急忙退後一步，連聲否認：「別發神經了，誰要跟這種笨女生和好？」

文樂心也急急跟他劃清界線：「我只是找他問功課的事情而已。像他這樣的討厭鬼，我才不要跟他說話！」

「哦，原來如此。」胡直倒是沒有懷疑，只淡淡一笑便走遠了。

文樂心也連隨往教室門口走去，然而，背後的高立民，卻把她喊住：「喂，小辮子！」

　　她帶些負氣地回頭：「又怎麼啦？我跟你沒什麼好説的。」

　　「那天的事情，你不可以告訴任何人啊！」

　　她歪着頭，不解地問：「什麼？」

　　接着，她突然又像了解地點點頭，大聲地説：「哦，你的意思是指那天你在洗手間外面哭的事情嗎？」

教室裏的其他同學們，頓時朝他們這邊望過來。

高立民生氣地追上前：「你再大聲說一遍試試！」

當然，文樂心才不會笨得站着挨打，在他要追上來之前，她早已「嘻嘻哈」的笑着跑遠了。

鬥嘴一班 1
插班新同學

作　　者：卓瑩
插　　圖：Chiki Wong
責任編輯：劉慧燕
美術設計：李成宇
出　　版：新雅文化事業有限公司
　　　　　香港英皇道 499 號北角工業大廈 18 樓
　　　　　電話：(852) 2138 7998
　　　　　傳真：(852) 2597 4003
　　　　　網址：http://www.sunya.com.hk
　　　　　電郵：marketing@sunya.com.hk
發　　行：香港聯合書刊物流有限公司
　　　　　香港荃灣德士古道 220-248 號荃灣工業中心 16 樓
　　　　　電話：(852) 2150 2100
　　　　　傳真：(852) 2407 3062
　　　　　電郵：info@suplogistics.com.hk
印　　刷：中華商務彩色印刷有限公司
　　　　　香港新界大埔汀麗路 36 號
版　　次：二〇一四年三月初版
　　　　　二〇二四年七月第十三次印刷

ISBN: 978-962-08-6040-9